UN BUEN DÍA

UN BUEN DÍA

por Nonny Hogrogian

traducido por Carlos R. Porras

Aladdin Paperbacks/Libros Colibrí

Printed and bound in the United States of America

Library of Congress Cataloging-in-Publication Data
Hogrogian, Nonny. [One fine day. Spanish] Un buen día / por Nonny Hogrogian ;
traducido por Carlos R. Porras. — 1st Aladdin Paperbacks/Libros Colibrí ed. p. cm.
Summary: After the old woman cuts off his tail when he steals her milk, the fox must go
through a long series of transactions before she will sew it back on again.
ISBN 0-689-81414-3 (p/b)
[1. Foxes—Fiction. 2. Spanish language materials.]
I. Porras, Carlos R. II. Title.
[PZ73.H64 1997]
[E]—dc21 96-48328
CIP AC

10 9 8 7 6 5 4 3 2 1

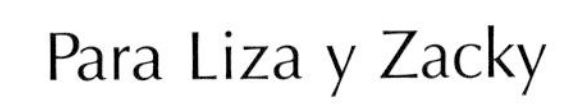

Para Liza y Zacky

Un buen día

un zorro se estaba paseando por un bosque enorme.

Cuando salió al otro lado tenía mucha sed.

Vio un cubo de leche que una anciana había puesto en el suelo mientras recogía madera para su hogar. Antes de que ella notara al zorro, éste se había bebido casi toda la leche.

La mujer se puso tan furiosa, que cogió su cuchillo
y le cortó la cola, y el zorro se puso a llorar.

—Por favor, anciana, devuélveme mi cola. Cósemela en su lugar
o todos mis amigos se reirán de mí.

—Devuélveme mi leche —dijo ella—, y te devolveré tu cola.

Entonces, el zorro secó sus lágrimas y se fue a buscar una vaca.

—Querida vaca —le suplicó—, por favor dame leche para que yo pueda dársela a la anciana y así me cosa mi cola en su lugar.

La vaca respondió: —Te daré leche si me traes pasto.

El zorro le pidió al campo: —Oh hermoso campo, dame pasto.
Se lo llevaré a la vaca y ella me dará leche. Entonces
le llevaré la leche a la anciana, y así me coserá mi cola en su lugar
y podré regresar adonde mis amigos.

El campo le contestó: —Tráeme agua.

El zorro corrió hasta el arroyo y le suplicó que le diese agua,
y el arroyo le contestó: —Tráeme una jarra.

El zorro se encontró con una hermosa doncella. —Dulce doncella —le dijo—,
dame por favor tu jarra para ir por agua, para dársela al campo,
para traer pasto, para alimentar la vaca, para obtener leche, para dársela
a la anciana, para que me cosa mi cola en su lugar y yo pueda regresar adonde mis amigos.

La doncella sonrió. —Si me traes un abalorio azul —dijo ella—,
te daré mi jarra.

Y así, el zorro se encontró con un mercachifle y le dijo: —Hay una hermosa doncella
camino abajo y si me das un abalorio azul para ella,
se pondrá contenta contigo y conmigo. Entonces, ella me dará su jarra
para ir por agua, para dársela al campo, para traer pasto,
para alimentar la vaca, para obtener leche, para dársela a la anciana
para que me cosa mi cola en su lugar.

Pero el mercachifle no se dejó seducir por la promesa de una hermosa sonrisa
ni por la astucia del zorro y respondió: —Págame con un huevo
y te daré el abalorio.

El zorro se marchó y encontró una gallina.

—Gallina, querida gallina, por favor dame un huevo para dárselo al mercachifle como pago por el abalorio, para obtener la jarra, para ir por agua, para dársela al campo, para traer pasto, para alimentar la vaca, para obtener la leche que le tengo que dar a la anciana a cambio de mi cola.

La gallina cacareó: —Te cambiaré un huevo por algunos granos.

El zorro se estaba desesperando, y cuando encontró al molinero
se puso a llorar.

—Oh bondadoso molinero, dame, por favor, un poco de grano. Tengo que cambiarlo
por el huevo, para pagar al mercachifle, para obtener el abalorio azul,
para dárselo a la doncella a cambio de su jarra, para ir por agua, para dársela al campo,
para traer el pasto, para alimentar la vaca, para obtener la leche,
para dársela a la anciana, para que me cosa mi cola en su lugar,
o si no todos mis amigos se reirán de mí.

El molinero era un hombre bondadoso y sintió lástima por el zorro,
y así le dio el grano, para dárselo a la gallina, para obtener el huevo,
para pagarle al mercachifle, para conseguir el abalorio,

para dárselo a la doncella, para conseguir la jarra, para ir por el agua,
para dársela al campo, para traer el pasto, para alimentar la vaca,
para obtener la leche, para dársela a la anciana para que le devolviera su cola.

El zorro volvió donde la anciana y le dio la leche.

Y así, le cosió cuidadosamente la cola en su lugar,

y se fue corriendo para reunirse con sus amigos al otro lado del bosque.